百年新诗百部典藏 / 马启代 主编

U0608667

时间之虫

散皮 著

江苏凤凰美术出版社

图书在版编目（CIP）数据

时间之虫 / 散皮著 . -- 南京 ：江苏凤凰美术出版社，
2021.2
（百年新诗百部典藏 / 马启代主编）
ISBN 978-7-5580-5111-1

Ⅰ．①时… Ⅱ．①散… Ⅲ．①诗集－中国－当代
Ⅳ．① I227

中国版本图书馆 CIP 数据核字（2018）第 198351 号

责任编辑　李秋瑶
装帧设计　北京长河文丛文化艺术有限公司
责任监印　唐　虎

丛 书 名　百年新诗百部典藏
单册书名　时间之虫
著　　者　散　皮
主　　编　马启代
出版发行　江苏凤凰美术出版社（南京市湖南路 1 号　邮编：210009）
出版社网址　http://www.jsmscbs.com.cn
印　　刷　河北飞鸿印刷有限责任公司
开　　本　710mm×1000mm　　1/16
印　　张　10
版　　次　2021 年 2 月第 1 版　2021 年 2 月第 1 次印刷
标准书号　ISBN 978-7-5580-5111-1
定　　价　28.00 元

营销部电话　025-68155675
江苏凤凰美术出版社图书凡印装错误可向承印厂调换

总序

转眼新诗已百年

马启代

　　早在 20 世纪的最后几年，大家已在议论新诗百年的事情，近年来，"新诗百年"的话题和各类活动甚至与社会商业活动携手并肩、大有超越诗歌本身的勃兴之势。事实上，看似在热闹中诞生的新诗，其本性与喧嚣并无基因上的联系。艺术与人类历史一样，有着表面风风火火的一面，也有着沉潜低回的另一条趋线。作为伴随新文学诞生的一个新兴文体，它呱呱坠地的时代的确可以用狂飙突进来标示，故我虽一向把社会"思潮"与"诗潮"的相伴相随作为认识百年新诗的一个重要视角，但我并不认同仅仅把波涛浪峰上的那些弄潮者看作新诗百年的代表，也就是说那些以潮流和流派及其风云人物为特征的历史叙事所构成的只是一个粗线条的描述，正是"思潮"与"诗潮"的历史共振，加上民族危难和社会动荡所造成的探索中断和精神异化，新诗所欠下的旧账一再被后来者忽略或轻视，仿佛一个亢奋的战士，冲锋中丢弃了装备，几番沉浮，在这个百年的节点，正是反思得失、检视成败的契机。当然，作为在争论甚至反对声中活得多数时候都青春四射的新诗，对质疑和批评的回应与对自身缺憾和弊端的正视从来都是一体两面需要痛加剖析、修正的问题。

　　我想略通"近代史"的人都会理解，产生于春秋战国以来极少出现的思想自由争鸣时期的新文学，结出新诗这个果实，既是必然，也显得匆忙。我们至今对它的称谓还有争议，如白话诗、自由诗、新诗、朦胧诗、现代诗、汉语新诗、新汉诗等，各有历史定位和美学指向，但莫衷一是，互不认同。此外，关于新诗诞生的历史成因、艺术脉络也各执一词，互有个见。我曾在《新汉诗十三题》中说过，它的源头不是旧诗，它与古诗、律诗、词、曲的代终体换不同，新诗直接来源于外国诗，不是一般的启示与借用，但新诗最终应是民族文化求新求变的产物皆赖于外来文化的刺激复活以及几代学人承前启后的不懈挽救。借此界定新诗的生日——假如非要有一个最大认同公约数的时间，我想，既不是胡适在《尝试集》中几首诗后面标注的 1916 年，也不是《新青年》2 卷 6 号刊发胡适《白话诗八首》的 1917 年，而应是《新青年》4 卷 1 号刊登胡适、沈尹默、刘半农九首诗的 1918 年 1 月。显然，作为《白话文学史》作者的胡适，深知"白话诗"与"新诗"在观念、精神和美学追求上的不同。他在 1917 年 1 月发表在《新青年》上的《文学改良刍议》被认为脱胎于美国女诗人洛威尔的《意象派宣言》，而意象派运动其主要旨趣在于解放英语诗歌的形式和语言，尽管他的代表人物庞德据说受益于中国古典诗歌的翻译。

但毋庸置疑的是，新诗承续了发端于 18 世纪以来世界范围内的诗歌自由化趋向，其背后蕴藏的历史人文内涵和深刻的人类精神走向乃潮流和大势。百年来，世界和中国都发生了许多亘古未有的大变化，人类在苦难和荣光中创造的无数诗篇，成为记录人类心灵和精神变化的珍品。尽管至今尚有人对新诗做出实验失败的定论，近年旧体诗创作日隆，也大有复兴的气象，但无须争辩的事实是：首先，新诗是个伟大而粗糙的发明（沈奇语），它无愧于百年风雨沧桑的砥砺磨洗（张清华语），你即便说它不成功，但也不能无视它有成就（桑恒昌语），穿越百年的时光隧道，战争、天灾、人祸以及正常或不正常的生存考验，新诗已经成为现代人重要的灵魂洗礼和精神救赎的载体。熊辉教授在《纪念新诗百年》中认为百年新诗的发展，最大的成功是确立了自身的文体优势。分行排列的自由书写成为承载现代人情感和思想的有效形式，而吕进教授把新诗看作"内视点"文学的主张，为现代新诗内在形式的确立提供了理论依据。其次，新诗采用大量口语和白话进行书面转化，使古老的汉语焕发出新的生机，重新把优雅与深邃找回，其在唤醒和复活民族灵性上体现出无可替代的前景。最后，我认为新诗与社会思潮与生俱来的根性联系，使其始终勃发着一颗求新求变的魂魄，百年来，它对于中国人精神的塑造居功至伟。

当然，一个百年的文体也许还处于未完成时，尽管许多文学史、诗歌史已翻来覆去根据不同时期的政治需要和个人诉求做过这样那样的修订甚至重写，事实上，所谓百年我们也不妨做模糊的理解，百年新诗也许尚未走出自己的青春期，业已形成的传统还显单薄，无论是文本本身还是理论批评范畴都面临着很多需要解决的问题。新诗不是"作诗如作文，作诗如说话"（胡适语）那样简单，断然不能把一种精神倡导理解为实践指南，正如不能把"下半身写作"理解为"写下半身"，把"口语写作"理解为"口水写作"。尽管民歌民谣给了自由化写作最初的滋养和激发，成就了彭斯和华兹华斯等不朽的歌唱，但新诗随着现代思想的传播，不适合进化论的艺术需要坚守和弘扬的恰恰是最初的和最原始的人的精神和梦想，最本真、最本质的感动。新诗突破了古典诗歌"触景生情"和"睹物思人"的套路，注入了"以思触诗、以诗触思"的感悟和体验，形成了"缘情言志寓思"的现代模式，这些皆赖于中西文化交汇中英美的浪漫主义和法德的现代主义诸流派的深度浸润。但一个文体既有它自我革新和不断蜕变的免疫能力，也有自我阉割的自杀倾向。如今，经历多层磨砺和戕害的新诗呈现出精神伦理和艺术审美上的诸多问题，"生底颤动，灵底喊叫"（郭沫若语）极有被废话、脏话淹没的危险。我在《百年新诗的"三度"迷失》和《当下诗歌创作的"三化"警示》两文中做了解析和指认。据此而论，吕进教授提出新诗的"三个重建"和"二次革命"多年，在展望未来时的确应引起我们的深思。

时光如白驹过隙，对于天地历史而言，百年不过弹指间的一个刹那，但于人于事，一个世纪毕竟暗藏着天翻地覆。适逢新诗百岁，借此数语，聊寄祝福！

目　录

附录

我阅读自己的诗

我阅读自己的诗
检视这些砖块
是否坚实
我用血液
将她们粘起
开始镌刻
自己的墓志铭

暴雨夜，一滴雨

暴雨夜，一滴雨不停翻腾
躁动中辗转反侧思考着人生

为什么飘浮在这一个时空
而不是黎明前一枚晶莹的晨露，花瓣上绽放

左冲右突，把风的面罩都撕破了
疯狂的冲击也撕不碎暴雨夜的黑幕

吃不准长大了，还是刚刚出生
落地而碎的是自己还是另一个思考人生的雨珠

穷尽一生，只为证实
作为一滴雨在暴雨夜，坚守着寻觅

——崇高，就是立在天地之间不扬不卑
或者是站立在浪潮中最高的一株

城市里，一条马路

说起来你不过是一条路，水泥的肉身
承载一些情感貌不惊人的匍匐

最早你是母亲远眺儿女的目光，看到哪里
你便延伸到哪里

拐几个弯，有几条沟壑，像极了
父亲的心事，盘算着成长的旅途

慢慢你开始疯狂延伸，仿佛要超越
城市的历史，延伸到哪里，哪里便称为城市

你已经无法停止，孤独嵌入了你的神经
匍匐下来，等待抑郁爆发

深夜你站起来，看着邻近的马路
数着城市楼房的灯，照亮一言不发的躁动

马路上，一粒种子

他或许是伴着脚后跟来的，跟着
一个前世叫农民的脚步

脱掉粗糙的外衣，面露光滑判断
来时他也是异常兴奋亢奋跃跃欲奋的

或许他偷偷跟了来，潜伏于阴暗的鞋底
笃笃的脚步声或许正是他刻意营造的

来到的地方一定有大片的阳光和湿润的日子
很容易种出大片的理想和成群的飞鸟

他一定这么想着，这么留下来
躺在马路上，等待风生水起

一个前世叫作市民的人，不认得他
匆忙的脚步藏不住他的愿望

高层大厦，一扇窗子

这扇窗子没什么不同，既可透风
也可以看风景

我要你从这扇窗子去看另一座楼的另一扇
你要发现，那一扇走过的春风暖不暖

那一扇窗子后边有没有人朝这边看
我要你看清楚那眼神，有几个季节在变幻

微笑，愤怒或者痛苦，我要你
看清楚那是不是一座空房子，朝这瞭望的是空眼珠

其实，人生就这么一扇窗子
我要你跳下去

跳下去，看见还有好多窗子
做着和你同样的事：生或者死

春天里，一朵杏花

漫山遍野我们开了，白得改变了山坡的颜色
白得像寂寞

在看似枯萎的枝丫，我们亮闪闪盛开
但是我们寂寞

我们掉进游人的眼睛、鼻孔、照相机、Wi-Fi 里
也看见寂寞与你们同在

我们炫耀在你们的节日，绽放意味着死亡
飘落的白花瓣，告诉你寂寞是怎样飘摇的

我们期望另一种存在，作为果实喂养你们的先人
然后伴随寂寞一起长大

就这样，寂寞悬挂在枝头
我们绚丽至极太缤纷太热闹太短暂太久远了

暴雨夜，另一滴雨

暴雨夜，一滴雨总没有下落
它反复目测适合降落的高度

从什么高度还不是重点
或许在寻找陨石砸出湖泊的力度

至于多少力度也不打紧
要紧降落到什么位置，海洋，村庄， 山坡？

落什么位置也可以随机
重要以什么名义，原子，分子，卵子？

即便这一切都无所谓，关键
能一落成永恒，并宣告说：

再小的颤动，总得有一种方式活着
再高的飞升，也是现在

深夜，倾听你的声音

深夜，倾听你的声音
打湿的窗子，哽咽的心扉
都说明风雨还垄断着你的睡梦
像树枝不得不拍响树叶
像灯光不得不时明时暗
也像不断闪动的光标
一直等待着下一段文字

有一种情绪被黑暗笼罩
色彩迷离、飘忽而深邃
被梦压弯的腰
穿越的时光
像一个歌者
在不同的时空和相同的行程中回响

你的声音好累，凝结着风雨的味道
像挤破的沧桑
小心珍藏着残留的滴翠
你不得不再一次翻晒记忆
你不得不等待太阳再一次升起

深夜，听不到你的声音
你不打算走过深夜，却让黑夜走进你的心

我不甘心

大雪降临这苦寒的岁月
我不甘心，失去那布满山野收获的秋天
山崩地裂，岁月流淌
我不甘心，千年的石头死亡一般朝向谷底的坠落
当青春像透镜聚焦着理想的炙热
我不甘心，瞌睡如同蛇的诱惑滑进黑夜

我不甘心，冬日的小草只能在地下生根
我不甘心，婴儿的啼哭只能飘荡在逝去的年月
我不甘心，灿烂的花朵只能艳丽在封闭的温室
我不甘心，瓢泼的泪水只能从天垂落
我不甘心，火热的嘴唇只能为焦虑的爱情燃烧
我不甘心，壮志未酬，岁月已老

港湾。一片金黄的沙滩
出行的风帆摇曳于粼粼波光
远山含黛，仿佛存放着一生的想象
多么像奔腾的大海憩枕的臂膀
太阳降落之际
黎明正从心头冉冉的生长

我不甘心，水总在流

我不甘心，四季总要轮换
我不甘心，人总会死
我不甘心，阳光一纵而逝
我不甘心，骨灰飞扬
灵魂却找不到憩息的方向

你是我的小苹果
永远嘹亮着神秘而且致命的芬芳
当岁月凿去你的颜色
你像深空的星子抽走了发光的时刻
又像撤换了满天的布景
打开一切未知的梦想

我不甘心，咬住命运的鳄鱼
还是亿万年前残留的生物
我不甘心，装点山野的流岚
会是工业社会新生的迷茫
我不甘心，你撑起的油纸伞
依旧徜徉在彷徨又寂寥的雨巷

当阳光升起在十三楼阳台的红豆杉旁
我不甘心
今天的开始还同留不住的昨天，一样

飞往伦敦

其实，时间可以穿越云层
云层之上，时间的箭头来自大地
这是从山川和海洋借来的十个小时
让它和我一起搭乘波音 747
翱遊上空

目的地：一个陌生的国度
不确定用汉语能不能读懂她神秘的城市
但是，我脑海里分明住着一个伦敦
她正以即将到来的姿态
呈现书本上遇见的样子

天空以无法察觉的动作飞行
在启程与抵达之间
我用驶向未来的方式，接近历史

时间，或者存在

相对于踏歌的岸边树
枝丫的影子显现了河的流走
（水在）
相对于你，我在

你说
我没有青春，没有未来
（你在）
我说，你没有开始，没有结束

像时间依赖太阳和月亮
我依赖死亡后的现在
风，从不需要方向
（感觉在）

时间，是暗物质
站在你的意念
以外，静止

时间，或者自在

万物自在于即刻的形态
时间站在高处

一些没有放弃的记忆
被揣测着，成为
别人珍视的历史

时间泰然自处

想用一生隔离世界
春夏秋冬感知冷暖
花开花谢，如雨

有一种时间让世界安静

时间，无处不在

大地一片死寂
荒凉的喧嚣已成为常态
当常态变为死寂
死亡的物种已变得久远
雪，下在无人看见的地方

活着的，活着的
以喧嚣的荒凉为终点
死寂，照亮大地
让空间塞满时间
时间，走在无人走过的地方

你的人生斟满了酒
忽然，拿起了别人的酒杯

时间，一望无际

你不可能，梦到我
你的梦境中我置身于一片桃林
我品味你的感觉
现身在一望无际的时间

夸父，你的身形足以
塞满我的梦境，宽大一望无际
云块一样匆忙的脚步跨过
人头一样起伏绵延的山峦
你追逐的是否是你想要的？

追日是不可信的
世界岂会在永昼的奔跑中？
从你躯干析出的咸
像一望无际的时间，让黄河
几度干涸
你追逐的是否是我梦到的？

从你的梦境走来
仿佛你走出我的梦境，我与你
靠近，两个相邻的梦
在你化身高山、桃林之后，月光

一望无际，时间
一望无际
你追逐的是否是我看见的？

煮时间

寻找时间的遗体
或许是一道艰涩的数学难题。比如，牛顿
为了看清鸡蛋在时间被密封的容器中呈现的生命姿态
他把怀表扔到锅里，结果
鸡蛋与时间与水，同时找到了沸腾的形式
就像一次革命
彻底淋了一场雨

时间的过往

我相信，过往的一切都会存在
秋天的落叶一直摇曳在坠落的过程
飘摇的雪花终生飘摇在飞舞中
孩子，成长的骨骼
如春天开化的冰冻嘎嘎有声
我相信，这一切的存在都不是过往

我相信，存在的一切都不会老去
放眼无边的天空，深不可测
四季放牧的南山，安详宁静
飞去的雁阵像飞来的书信
承载着冥想，温暖，爱和漫长的坠落
我相信，这一切的存在都不是过往

凡活着的生命和
人类的气息
都在他手中[①]

注：①语出《约伯记》12章。

时间，并没有两样

我看见，所有的灯瞬间泯灭
夜晚的群鸦密密匝匝，鸟鸣杂乱
看见，所有挣扎的眼睛掠过河面
无边的疲惫的水泥路窒息呼吸

我听见，流水逆袭的山川慢慢低矮
色彩，温度，形态，凝固的头发
一些倔强的地下风
涌出来，附着于形

我回来，你不在家
却说，我，回家了
爱情于紫蔷薇，只是
回到她开放的时节

关于时间，拥挤着万千个词语
它们，一一掠过残山剩水
对我对你，河边的石头
并没有两样

一缕时间

从纬五路，向东，沿经二路
经纬四，穿过纬三，走到纬一路
在 131 号，被冬树遮挡的地方
我缓缓升起，去往办公室

电梯中，一位矮小的同事仰脸
向我讲述昨天也或者昨天的昨天的趣闻
我俯视他，原来我
已经完全超出了预期的高度

回到办公室，赶紧查看地球仪
原来我，能把这么大的空间尽收眼底
趁机，我调阅了宇宙起源的视频
146 亿年，果然，一览无余

于是，回过头我看了看自己
原来我，脱下外套才能看见后背的字
只好把自己做成一个序列，比如照片
或者制成同模样的机器，与人类相处

窗台上，一只冬雀呼叫阳光
循声望去，我看见

我化成一缕时间，沿着窗玻璃逃逸
留下，一副错愕的表情

时间的种子

我的眼睛
瞪得像天空一样大
为的是
看清楚故乡荡漾的山水

筋骨已经融入山岭
童年安放其间
最细小的都是时间的种子
一点一点明亮起来

时间之门

济南，日照，两个城市
公路 338 公里，铁路 472 公里，日出
在日照，8 分钟后才能照亮大明湖
恰像太阳光临地球的距离，1.5 亿
日照是故乡，生的时间记忆
济南是更高大更伟岸的大房子，活的时间旅途
目睹趵突泉涌动酷夏，会想起
日照海滨暴躁的汹涌，撕不碎的水，从未流逝
遥望千佛山万松波澜，我看见
丝山、奎山、黄墩山，烟墩岭，波涛声嘶
日照，田间小路，泥泞
使我怀念济南坚硬的水泥和地下堰塞湖
散落山坡的故人墓，仿佛
灵岩寺的浮屠，闷声不响的风景
假如大雪封盖了乡村，世界白的清新，空的辽阔
济南甩泥的轮胎和打滑的生物，照样
拥挤在脑海里，这些画面附丽在哪一个
谁的时空？有时

日照是我时间的开始，有时
济南成为我时间的出发地，有时
脑海荡漾南京的玄武湖，我的时间

又一次不可自抑的开机
对于这些城市的时间之门
如果没有我，还有什么意义

大草原

其实，我有自己的草原
奔驰的骏马时常
把心壁踩痛
很多时候
我平静如大海
只为我的草原永远绿着

见你辽阔的大草原
从天际那头弯曲急转而下
星星点缀着蒙古包
很像我怀想的某些人和某些事
也有奔马或牛羊
让生存恬适得像日落一样平常
黑仓鼠挖断的神经
我也会隐隐作痛

此刻
冷月即将一片片雪落下来
我的体内
多出一片幅员辽阔的原野
而时间
正孤独着从那里路过

见摄：利物浦大学

这些红砖墙，隐约透着一片片苔藓
想必是老人斑提示着岁月的沧桑
沿墙而上的绿植，可能是常春藤了
说明青春是这里光合作用最强的生物

校园里，流动着白的，黑的，黄的皮肤
道路上，飘逸着蓝色，橙色，桃红，各色的学士服
正在举行一年一度的毕业典礼
表明人生是这里被点缀被描绘最多彩的花季

礼堂内，校长、教授、学科领袖
都穿着五颜六色的礼服，每一名学子
都在与校长握手时获得最新的祝福
一种虔诚、一份庄重，在隆重并缓慢的节奏中受洗

父母的笑容都是一样的
各国的庆祝方式都是一样的
一次次掌声，一次次欢呼
或许这里是诺贝尔授奖仪式：请全体起立

印象：爱丁堡

爱丁堡城堡布满历史的石头
卡尔顿山是打不开的时间
遥相对望的时空之间
王子大街，像一条暗河
把历史和现代汇入滚滚人流

城堡里暗藏了多少宫斗的传奇
斑驳的石头上，隐隐变幻着窥视者的眼神
而那一排排漆黑的火炮
把一个战斗民族的气质
赫然杵立于无法后退的峭壁

卡尔顿山上，纪念纳尔逊将军的纪念塔
建筑成望远镜的形状
缅怀阵亡士兵的国家纪念馆
只建成巴特农神庙的廊柱
矗立着，如一座未完成的雕像

不远处，哲学家斯图尔特的纪念亭
迎面而立
正好对应着纳尔逊大炮的瞄准器
但是，关于大炮要摧毁的目标
我却得不到一点启示

找寻：苹果树下

这几天，我反复背诵 apple trees 这个词
研究她如何通过成功的下落，把牛顿的智慧砸醒

来到剑桥
不为凭吊徐志摩再别康桥的感怀
也不去缅怀拜伦的轻狂逸事
甚至不关心达尔文是不是从剑桥开始研究猴子

我只关心，一颗什么样的苹果
在什么时间，通过什么姿态下落
思考什么问题，专注到什么程度
才能被击中智慧的焰火

三一学院门口，我看见了那棵树
绿色草坪拱卫中，似乎正等着行人经过
驻足于苹果树下，想象苹果压弯果枝
那些怀抱着书籍的学子
那些沉思着人类命运的教授
那些立志于开创未来的大师
一定置身于牛顿的时空，围坐在树下
品味历史，期待事件重播

其实，每个人都在寻找那棵树
只不过被砸出的不是智慧，而是疼痛

简介：剑桥

伦敦西北 90 公里
人口 9 万
方圆 6 公里
小城，大市

剑河如一条飘带
环绕着光辉的古建筑
"城市里有大学"
关于未来的暗喻

八十多位大师
在这里按下云头
把自己的名字
与城市同塑

一年四季，阴，多雨
树枝包有厚厚的薜苔
就像大师陷入沉思
期待明天的日出

2016，街景

街道继续延伸，空旷，辨不清枯萎的
草丛。寂静，如同时间流动的声音
像人群被风撩起的头发，飘往远处
有人敲击石墙，震荡着
自古未曾解开的密码

喔，船队，从楼群中间浩荡走过
时间把船尾的流水无声合拢，致敬的眼神
躲在楼群的玻璃窗后，充满惊讶
又无从欢呼。一声轻叹
被收回到喉咙

踏碎了，时间的碎片满地零落
一大群人，或老或小，或高或低，抱拥着
满怀的时间落叶，哀号
仿佛命运打了一个水漂儿，飞去不来
落叶已干

高处，浓稠的雾霭之上，星空
冷冷的俯瞰，当眼神停泊到那里
城市变得哀伤。有多少希望
高不可及。
嫦娥病了，月亮还亮吗

2017，新年展望

跟在优雅的女主人身后
走得轻松悠闲
新年第一天，抬头望了一眼天空
接着嗅一嗅路边的草丛
（这里的季节相同）
尾巴摇起来，让风速减慢
步履轻拿轻放，绕过沟沟坎坎
不疾不徐
和人类保持着看见而不遥远的距离
自由自在，只要听到呼唤
就会立马出现

这是新年第一天，抬头我看见
友善的，他望了我一眼
顿时，我明白
做一个好人，不难

无用的时光

人生中，总有一截时光是无用的
比如，倒掉的时差
其实，不过是把身体内阳光的刻度
换一个位置，以便
让记忆从容地表达生活
于是，把倒掉的时光
置于最后一页，需要时
才慢慢翻读

构　图

远离丛林，湿地和沼泽
伫立窗前的女人
品味蝴蝶飘浮在玲珑花旁

站在门口的男人，凝神
这个品味蝴蝶的女人
远方走来的男人，急欲进去
寻找那些已经结网的蜘蛛

也许时间和事件没有同构
阳光又一次路过女人的脸庞

远处烈日的山坡上
一条导盲犬，在流浪

生日纪事

不知道为了纪念出生，还是
记住老去
今天，生日
说实话我真的羞于点起蜡烛

想一想，至今未登上珠峰
我还不知道世界有多么渺小
也没有跑进太平洋，体味一回
那里的疆域才是无边无际

更不要说，去月球买一套
安度晚年的房子
也或者，到银河摸一只
小时候爱吃幸好还没跃过龙门的鲤鱼

我只是
写了几句猎户座看不懂的诗
思考了几个
一百三十亿光年也没想到边的谜

有时候，我是希望躲进黑洞的
只怕我的辐射会感染与生俱来的基因谱

也想过，混迹于星星中间
但是即便发了光，又会照亮谁的夜空呢？

罢了，算个仪式吧！
我先点燃太阳
来吧，儿子
帮爸爸吹灭这一根蜡烛

变 化

小雨从天上下来的时候
寒冷，顺着绳索一起来了
我躲在衣服里面的躯体无从抵抗
只好把一栋房子披在身上
并且做成伞的模样
让大地举着

万有引力

我们设计多种想象把事件还原
让掉到牛顿头上的苹果，返回到树枝
再把苹果退回到花朵，春风
刮回雪花，牛顿被砸的
头痛也在苹果落下之际消逝
落下苹果的那棵树
在牛顿经过时还是一颗没来得及发芽的种子
这样就不会有万有引力

为此，我们还要
把格林的《哲学原理》一个字
一个字还原到刚动笔的样子
把伏尔泰听到的故事，从他的耳朵
将每一个字母回送到
牛顿外甥女涂抹了艳红唇膏的嘴巴里
还要把 100 年后
伊·特纳在原址上补栽的苹果树
还原回种子

我们装着什么也没有发生
将事件发生的时间一一抹去
直到发现：沿着万有引力
也回不到落下苹果的那棵树

今又重阳（一）

山河依旧，明媚如奔腾的雕像
只是微凉

匍匐的秋草，嬗变的松针
化为土地的颜色，隐藏

极目之处，东方的河流
傲然挺立，扭曲太阳的形状

俯瞰之下，西湖波光粼粼
破碎的镜片，供奉同一个太阳

平原之野，一望无余
正在定制秋后统一的行装

金色的菊皇，光芒被折弯
把菊丝簇拥在胸前
做出燃烧的姿态，模仿太阳

晴　朗

我的心空阴暗，潮湿的角落
长出蟑螂的智齿
啃啮三百万年的肿胀神经

我从左边转到右边
一朵花，从
左心室迁移右心室
我从右边转到左边
一朵花，从
右心室迁移左心室，那只手
让左边枯萎，还有右边
挣扎着盛放（谁的？）

我发现人性，在十字路口
说：起雾了！

消　费

终其一生，不过消费
10 头牛 , 100 只
不再吃草的羊 , 300 只
乌龟 , 500 只跑不赢的兔子
牛奶 300 吨，停止
生长的鸡蛋 12000 个，消费
天空注入人体的喜怒哀乐，消费
土地供养的酸甜苦咸

思想站在远处，一边
咀嚼着入睡的光阴，一边
书写出回忆的名字

他　人

把自己关进小屋，删除朋友圈
格式掉与世界的一切联系
把 Wi-Fi、TV 放逐到太空深处
我只想要回我自己

吃饭还是用了人类的方法
睡觉还是动物一样打呼噜
只是省略了语言
省略了直立行走的姿势

我发现我还是像极了某某
好像越来越想念某某，某某
反正不像自己
我信了，我就是个某某

虚　无

把虚无变成真实，皇帝的新衣
缝制了身不由己的惊叹！惊诧！和惊奇！
"那上衣下面的后裾何其美丽"
人们惊呼。把前所未有当作有
人们感叹。把有中生无当作无
　"没有人愿意做一个愚蠢的撒谎者"
只有，一个愚蠢的孩子喊：
可是他什么都没穿啊

从课本读到会心的一笑
立志做诚实可信的孩子
痛苦的是，知道了真相
却被真相劫持
还在炫耀新衣的会是谁呢？

云

我要让你万里无云
要你蔚蓝无边
让海天合一

为之，我要下沉
升腾，逃走
找一个地方遁形

这轻重！
这无着无落的飘。

诞　生

灰色天空释放一抹淡淡的蓝色
跋涉中的背影辨不清方向

谁跪下，双膝生出石头的根
头颅长满变幻的云

裸露的心与海一同跳荡
每一次停歇都是一次造山运动

水沿着山势
找到飞行的形状

风无定所
模仿闪电穿过无尽的空旷

发　现

所有的人，包括路过的人
都能做证：一条床单被遗弃了
盛开的花不像春天刚开始的节奏
柔软的身段不似初历人生
有人说，和他一起的人已经火化
他包裹的物质已经不存在

清　醒

今夜，又被自己的鼾声震醒了
我已经小心翼翼地呼吸。总怕

呼出的雷声，招来风雨
遮不住时常麻木的头脑。于是

蹑手蹑脚进入浅睡区，并在那里
不动声色观察睡姿。直到完全看不出秘密

数着床上的每一分，每一秒
感觉自己清醒的时间越来越长了

暗夜之思

迷失于被称为暗的汉字
月亮，在昨晚，没有出示真面目
我和康德，借着星星无力的光辉
谈论上帝，我们打赌
透过这暗的夜色
上帝能不能照出他人间的面孔
要么只有暗
要么面对另一个上帝
康德笑着：你看
不是事物影响人，而是
人在影响事物
我也笑了：
有多少虚妄被当作真实
哲学，让上帝蒙羞
上帝却静默不语

死 亡

背着书包，奔跑的孩子
突然停下，回望门口送行的母亲

你的手被牵了一生，时有闪电
沿着手指划过心脏

你目光看到的都是树梢
云彩之下，没有蓝天

说过的话在直立行走
遇到沟坎都会自动停留

最后一篇纪实小说。站在门口
看着招手的母亲，就在一瞬

逃 离

最近，一些石头要飞出太阳系
趁着夜色拂晓前那些光亮
进入时间隧道

它们好像已经失重，若不飞出
可能被时间挤碎
因此开始思考去向

当然，它们仍停留在悬崖上
一阵风来就会酸痛
并不像迎客松一样专制

牙痛也是最近的事
它们试图跳出当下生存状态
走自己的路

苹　果

漫天飞舞的议论都不用辩白
当夏娃吞下你
你的原罪就牢牢钉上了十字架
不管有没有蛇的诱惑
也无关夏娃觉醒的代价
一个小苹果竟然成就了人类
从一维爬向四维的神话
上帝，也无法
收回对你的命名

至今，苹果摆放在餐桌
我不敢拿起刀子，生怕
一刀切断了包藏在内心的崇高和伟大

对　话

在胶济铁路陈列馆，复制的面孔之前
一只猫，蜷拥着寒冬的气息
角落里，一位老人
手指着全息复原的水龙头自语：
你看，我的经历
让你们拧出了水，正从那里流出
我说：哦，历史
那些从你钟楼上拆落的零件，正像一颗颗牙齿
已经硌疼我的记忆
在济南，经一路
这个像你一样老的院落里

存 在

有一对妻儿，供我们挥霍亲情
有一个情人，供我们消费情爱

有一个千疮百孔的地球
供我们发泄愤怒，忧郁，洪水和山崩
有一片缝缝补补的天空
供我们栖息欲望，梦寐，乌云和闪电
季节，供我们七情六欲四时交替
生死，供我们不生不灭不增不减浮沉轮回

我们快乐的年轻，苍老和新生
存在赋予幸福的形状，山水衔接，鸟语花香
有一片时晴时阴的天空
供我们寄养心愿，想象，太阳和月亮
有一个生生不息的地球
供我们存放前世，今生，绿荫和灯光

有一个情人，供我们滋养情爱
有一对妻儿，供我们守候亲情

冬 日

冬雀脱开树枝的凭借
在草丛做窝

汽车一如往常
挤占着寒风的跑道

一个女人追逐
一只走散的猫

拴过风筝的丝线
曲动着向南飘

楼房面对料峭
收缩了身形

夕阳
还有一棵树高

厚厚的围巾
裹住了归途

春日素描

一大早我就忙于布置风景
三间木屋坐落在山脚下，树枝
做成的栅栏环伺四周
山顶上，一架风车凝固成照片
即便我说有风，也不再转动
半山腰，曲折的山路透出一点白
其他的段落走入了树丛
春天还没把往事全部遮蔽
两只飞鸟在风车的上空，飞行状
但一动不动，时间
被截取了视频的一片，正好
站在山坡
向阳的一面
走出柴扉的我，大约
是未来的某一天
一只狗，走失于画面之外

我把风景设置返回老家的路途中
所有那些静止的
都在发生

风景，生长于语言

崎岖的青龙桥，夹立的峭壁间
一条鲤鱼奋力跃起
她的肉身被风夺去
嘴唇被水凿穿
鱼尾跃动于意念坚硬的石板中
透过雾泉弥漫的气息，我看见
她跃动了若干次
落下，又跃起，已经若干年
忽然，经过
导引者的指诱，大象
在千年的峭壁上缓缓走动
脚步轻灵的一闪

归途，颠簸的汽车
使游人失语。我看见
前面隆起的发髻上
透出三分钟的青春
后面的人，看见了
她的过去

注：青龙桥：重庆市天生三桥之一。

扯着飞机飞

1

从济南到武汉，扯着飞机在飞
扇动一对蝴蝶的眼睛，假定
目标，有若干秒钟的距离
感觉比大地踏实，从不担心
掉进天空深处

2

身边流过温柔缠绵的云。凝结
水分子，穿过睫毛的空间
起初淡淡的
之后浓浓的
然后一团一团的思念，朵朵盛开

3

此去，经年有回忆
被蔷薇刺红了手指
一次一次泛起，在你眉山积聚
武汉桥边的潮汐

4

飞机，明天下午 15：40 起飞
大地扯得
我的翅膀好沉

行记：伦敦

泰晤士河，像一个观赏夜景的老妇
慈祥地捧着伦敦眼
缓慢地旋转，犹如时间驱动着表盘
桥头上，明灭闪烁的照相机
与两岸的灯光呼应起伏
此刻，我想起上海滩
想起灯火辉煌的黄浦江两岸

大街上，人流如过江之鲫
摩肩接踵之际来不及绅士地说声对不起
各种肤色，各种体态，各种表情以及各种姿势
好像各自运行着预定的轨迹
在楼房的间隙中飘流
此刻，我想起北京城
想起天安门广场的喧闹拥挤

不像爱丁堡，如一个老人站在街口
行人不知不觉地走进历史
也不像巴斯，精致的小城拥抱着田园
拥抱着时装一样令人留恋的古建筑
伦敦，就是一座旋转木马
即使你不动，也被城市带离了位置

此刻，我想起深圳
想起流水线上不断加速的现代启示录

徜徉在伦敦牛津大街
仿佛行走在中国的城市
熟悉的街道，似曾相识的标志
每一次闪过这样的感觉
我都禁不住一阵恍惚，一阵恐惧

乘火车去旅行

背起行囊就走。身后
撒下一大片田野、村庄，沟壑和城市

乘着火车去旅行，兴奋的抛物线
以汽笛的长短，呐喊
每一个站台，重播一个又一个《十年》
留下一支烟，袅袅升腾的空间

间或穿越夜晚的隧道
一堆清凉偎在心头
寂静渐次沉落
心绪慢慢蒸腾，我发现
夜晚在动，火车不动

有一种轮替的时空，雪的白
融化得黝黑——梦醒时刻
阳光打湿了车窗
晨鸟作势飞行，我发现
太阳在动，火车不动

偶尔跨过车厢与车厢的连接
喧嚣从两端纷沓而来

被卸载的身影又从下一个站台登陆
面孔，熟悉或陌生着同一个表情
如幻随形，我发现
火车在动，我却未动

郊　游

草丛抛下了我
随向晚的牧笛流去
我坐下来
饿了
没有食物

我的眼睛梭巡着远方
我的肚皮蛰伏在山谷
如果周边的景物
都饿了
拿过一支牧笛在嘴边吃

我困倦像断了腿的路
我疑惑喊不出的叫声
如果那支牧笛
也饿了
拿过我的命运在嘴边吃

我坐下来
看着自己的青春发呆

大不列颠之旅

把霍金的时间折叠进行李箱
以免因为辐射散失了那些产生记忆的物质
故记录为旅途简史。曰：
某，乘机飞到伦敦。当日坐火车去利物浦
在皇家利物大厦旁与海鸥一起散步
顺便亲切接触了披头士
再乘慢火车去爱丁堡，山顶上
与纳尔逊将军探讨了大炮应该以什么为敌
随后去剑桥，在霍金喜欢的中餐馆
品尝了一番家乡的味道，以及果壳里的美食
之后到巴斯，畅游了罗马浴场
差点把圆形广场当作笔筒，放进书橱
风雨交加之日去了巨石阵
本来提着问题去，却在离开时
感觉有一双眼睛在我的后背窥伺
再之后，去了伦敦
白金汉宫雕像前，我见识了最有仪式的民族
登上塔桥
自然想起赵州，想起土木工程史
这期间，照相、购物、倒时差
见证了到此一游的使命和乐此不疲
记毕，我曾想题诗为证：

再见，大不列颠的天空
再见，一路兴致与共的风景
最后，我要再见我自己
作为组成的物质，有一部分我
已经留在了旅途

十月十七去桂林

这列车，三十个小时
才能到达目的地。焦虑
仿佛窄窄的卧铺
稳不住躺倒或者站立的身姿

为了给时间找一个出口
我呆呆的窥探余华怎么《活着》
为了抵消列车的颠簸
我走进了余秀华《摇摇晃晃的人间》

所有倒流的景物，都被移出了窗外
也被删除在脑外，心外，肉体之外
摇摇晃晃的活着
只有一个感觉，身体或被丢弃

若干年后，我到达终点
那棺椁里，不晃，风景秀丽
宁静中，或许用这一种姿势
慢慢读一本《散皮诗集》

在北京

在北京
天空骤然小了许多
许多被遮蔽的心事
无处放飞

有一种陌生，也有一种释然
楼房都是一丛丛的阔叶松
争相为太阳抚摸
对于陌生的眼神，无暇顾及

欣然的是路边的草木
都与我平等
皆不为朝拜者升起云幡
马路也匍匐在地，谦卑如我的心情

可以与任何事物对视
不用怕哪一扇窗子
背后，有双警惕的眼睛
让你患得患失，如芒在背

另一个

旅途中，忽然
想为时间立碑
一些时大时小的文字结成潮水
撞击岩石

偶尔能看清饥饿的童年倒在路旁
一片片无所事事的青春无端地凌乱
至于碌碌无为的中年不需记述
都被时间的树叶埋在树下

我知道
那是身体里的另一个我
时常独自外出，用一支箭
敌视和仇恨另一个自己

还有一个我流连于四季
在济南
在经一路
围观着飞扬的人生和尘土

千佛山

微风闪烁
吹皱了一山黝黑的松波
雨，两点，三点
轻轻催眠夜的眼

这是千佛山
一个被太阳熏黑的夜晚

千万个小水珠
被稠密的静寂托住
就像千年的大佛
经过灿烂的喧哗
陷入沉思

这是千佛山
一个被山会的躁动整得好累的夜晚

松针的争吵
和雨珠中的太阳一起
走进回忆
只有隐秘的老树干
宣示着一段

长满老人斑的预言

这是千佛山
一个无法书写也无法申述的箴言

老人石

他的儿子都是老人了
你还是一个老人的儿子

他站在你的肩头望他的儿子
就像你年轻的时候
肩驮着儿子
让他从小习惯海上的呕吐

他把你当作一块无名高地
没发现你肩头纤绳的痕迹
你依旧慈祥的
掬起一捧浪花
好像你年轻的时候
要把大海撒向你年轻的儿子

他的儿子都成老人了
你依旧是一个老人的儿子

他站在你的肩头望他的儿子
他的儿子在海上也记不起
关于你的往事，你的
眼睛尽管那么忧郁

他以为
那是老人斑爬满了你的眼珠

他把你当作一片风景
没看见岁月咬碎了你的裤腿
他和他的儿子在这里嬉戏
摸到你冻僵的胡须
还以为
一张破碎的渔网
不幸被风浪拍到海岸线上

他的儿子都是老人了
你依然是一个老人的儿子

野菊花

山间小路
千年树叶寂寞枯萎的地方
谁的手
采起一朵野菊花
黎明般温暖清脆的目光
品尝她孤寂的芬芳

当阳光在眼睛里
网出一片湖光
弯曲的花瓣
好像随着松涛向远方延长

"许波，我最喜欢这个"

是的，天鹅的翅膀

我想保留这些赞美的词

在你山岚清流的空间
山涧明月如水之际，日出鸡鸣相望之处
没有多少词
清风一样成为你，一个山村的专属
明媚，清新，恬淡，和谐田园，诗情画意……
我愿意为你重复再重复，还要
加上一些感叹的语气
在我初次见你的时候
在我离开的时候
在我回忆的时候
在我心中供养的灵台之上
当我回到城市，雾霾埋藏新年的阳光
我想保留这些赞美的词

我需要一个枝繁叶茂的玉树

玉树，这个春天是寒冷的
那些春草还没来得及握手
那些冻土还没来得及松动筋骨
挺立的树还没来得及迎颂阳光
一个紧绷绷的寒冬轰然崩塌
遮蔽了所有储满泪水的眼睛
一切呼之欲出的语言瞬间被吞噬

我不知高原的黑颈鹤如何飞翔
我不知草甸的溪水流向哪里
我不知乡村的晨读从什么时候开始
当阳光扯起我的懒腰时，第一次
我知道了你的名字，玉树
4·14，我的心
第一次发出 7.1 级的撞击

当经筒一次又一次转起
当生命一次又一次破土而出
我需要春天快一些脚步
让春风吹掉腮边的血痂和冰凌
我需要一双捏住地球的手
弹去所有的废墟以及留在枕旁的惊悸

我需要一个枝繁叶茂的玉树

让我们的心不再被撞痛

玉树女孩

玉树大地震中，一个被埋 16 个小时的小女孩，被救出后对救援人员却说：谢谢，真的谢谢，打扰你们了……

——题记

没能去推开你身上的水泥板
没能去抚掉你头上的灰尘
甚至，没能从坍塌的缝隙中递一杯水
但你说，谢谢，打扰你们了
瞬间
让我和所有活着的人泪腺胀痛

16 小时，足可让灰黑的等待生长 16 岁
足可让虚构的农场花开第二季
足可让遥远东海的潮汐起落一万次
你却让漫长的期待汇成轻轻的一句
谢谢，打扰你们了
生存，需要多么冷静的坚强

我想象你的年龄像杜鹃花
只在自己的花季萌发花蕾
我想象你的名字叫格桑梅朵
在四月的风雪中含苞欲放

我想象你的模样像藏娘佛塔
那份端庄，像一盏灯
让我的想象多一分温暖的力量

送　行

其实，你走的时候
我一直守候在你的左右
虽然扯你衣袖的是风
或许拂你脸颊的是雪
但你转头的一瞬
我轻轻帮你转动了前行的方向

其实，我就在你身边的耳语中

当我收拾完《返乡心情》
悄然躲进你的眼睛
纵然离别的火车，以流光速度
纵然黑夜，飘扬的雪，已被车窗隔离
我总是一抹光
在你照亮行程的瞳孔里

其实，我蛰伏在你身体的某一处

那里，有一种语言
呢喃着许多关于旅途的前尘后事

捡起一根往日的头发

掀起季节的一角
看广州的春天是什么样子

堆在干枯冬天的雪
还在消磨心中的暖
北来的风，不依不饶
抽打枝头。等待，
漫长的怀春。病毒
染蓝每一篇博客

找到已经数过的指头
不想时间早已穿越
捡起一根往日的头发
已被岁月染过
于是，我拽起电脑
在摔碎之前
砸下这些诗行，做梦去

那一刻，我带你回望

当蜻蜓点起水涡的时光
云彩稀疏，透过叶间的斑驳
芦花飞出你的眼睛
飘落秋天的池水，你看见
我看你的眼神铺满雪花的苍茫

那一刻，我带你回望

当一片水声，危险的撞击
水与水的距离，从一片海域飘落
风，在另一片海域哭泣，你想起
誓言如沙粒依旧闪耀，仿佛
满怀幸福想象，一群衣着鲜艳的新娘

那一刻，我带你回望

当伸展的影子倒伏在夜色
星子，安详地落入我们的眼睛
月光站在你我的肩头
像两截地下根握的木桩
回想发芽的瞬间茂盛的蝉鸣和枝叶交错的回响

那一刻，我带你回望

傍晚即景

时间
从少女的发卷流去
微风拉开熨平的夜幕
无数暖黄的小窗扉
隐秘住无数生活小事
人声
变得瘦长

天边的云
温柔呈现爆炸的局势
一如日常风中的枯树
青褐色，弯弯曲曲
一具
街头伫立的身躯

一本新版的《三国》
翻开来拂过去

我的选择无法葱茏

你郁郁葱葱进入我的话语
生机勃勃，几乎以整个春天
进入到惊讶抑或崇敬的仰望中
"让人震撼的都是庞大的事物"
当然，你是。
阔大足以遮蔽我的远望，高耸巍峨
登天之梯像你脚下的一泓小溪
"繁茂之下看不到前进之路"
当然，你是。

在你身旁，她是一棵小树
轻轻地以一份远眺进入我的孤独
一条小路穿过她的身旁
一座石屋在路边眺望
她枝叶简约，仿佛身无所依
但她背后
恢弘到无边的天空，时而蔚蓝
时而灰暗
时而雷鸣，时而月朗星稀

我的视听里
有一种看不见的东西
暗暗自语

砖缝里正在酝酿春天

有一种东西掌控着四季
一切都从发芽开始。阳光
从一棵树枝跳跃到另一棵树
跳到水面
跳到院子，墙头，茅草屋
跳到眼睛里，孩子笑着跑到田野
这是二月
砖缝里正在酝酿着春天

我从春暖花开，碧草连天
这些词中遇见了春天
我从去年春天的墙角
发现春花烂漫，鸟语花香
这些词正在发芽
我从这些词芽上看见今年的冬天正在走远
其实，这些词一直驻扎在脑海
其实，脑海里一直就有春天

祝　贺

把爱情写上夜色
美丽的灯光不会疲倦也不会凋落
你尽可以挽起小路的胳膊
到湖岸去吧
关于荷叶和月色的情话
像春水透过你燕翅般的眼睫

再无须悲叹命运的蹉跎
让青春探出门扉像被展览的楼阁
再不必为一个树影的惊恐
搂紧了被褥叫喊
我是死了，还是活着
咖啡色的夜
隐秘而又亲切

虽然来路像一张弯弓
随时把残秋弹上你的面额
即使去路是一条纤绳
随时将寒冬勒进你的肩膀
你的心正从远方向你走来
希望从你的发梢
飞翔起绿色的蝴蝶

卷起你睫毛的窗帘
撩开你眼泪的绳索
我清扫了黄金一样的落叶
燃起整个秋天为你祝贺

我是一个有故乡的人

我是一个有故乡的人
故乡就在那口井里
村北头那条河流就是起笔的一横
流淌了多年的水
灌溉了全村的牲口和庄稼
村中间一条横贯东西的小路
外面人看不见杨树下掩藏的陈年旧事
村西有一条南北大路，浓重的一笔
让我的青春与世界建立了联系
村东由北向南的小河穿村而过
现在已经长满了水泥
把清澈的童年压得喘不过气

我就在那里坐井观天
让自己蛰伏了十四个冬季

我是一个有故乡的人
青涩的记忆都在那口井里
有时她是盘坐在村中央的茅草屋
有时她是院子里
追随母鸡寻食的一群小鸡
而今，当我走到村口

故乡竟会退得那么远，那么旧
父亲已经移民到东岭
坟头生长着旧年的痛

日照故乡

走出流动的金属，清新
穿透语言，明净
抚亮灵台
挖下两勺天空，蓝
瞭望我的行程

水陈坡

不知集聚多少陈年的水
环绕童年的丘陵河流
我要你，这枚小小的印章
外出兜售我生命的山水

时间空洞

摊开手掌一看，这些奇怪的
天体竟然不被我所知
连光都逃脱不了的黑洞，居然是没落的王子
热情燃尽，蜕变成一枚瓜子
依靠引力红移
它让时间偏转，让星球如同扑火的飞蛾引向洞底
可是，这也不过是小小的把戏
那些看不见任何事物的空洞
裹挟着几十个银河系旋转
仿佛巨大的陀螺被我多抽了几鞭子
但是无穷天尽的暗物质已在视界的周边
打起了哑谜
要么空空如也
要么在时间的缝隙植入一只小小的虫子
这些虫洞作为回到过去的地道，或者
探望未来的梦呓，化为无形
这无边的浩瀚非我所见
这无边的壮阔非我所知
这无休无止的碰撞、膨胀、坍塌，以及毁灭非我所愿
透过手指
我看见好几个宇宙一层层罗列着
一群进化中的灵魂自由出入

从四度空间潜入未知的高维度
是一些时间的涟漪在抖动
让弦的起伏如同梵音绽开
我一直凝视，等待时机
观看黑洞辐射后时间停止万物湮灭的形态
我看见
有人在我手掌上演示了一场游戏

站在海边

许久过去了，站在海边
期待——
晕眩的目光让海矗立起来
远处的帆船爬出眼睛
连同睫毛一起变成了海岸线

海潮耸动
像松脆的朽木
倾注积淀的呼啸俯冲
心犹自颤颤　颤颤
像一朵不死花摇摆于山峰与波涛之间

那些鼓满海风的乳房
滑进瞳孔　演化成遥远海面的爱情

等　待

站在海边，东方的太阳
把我的影子投射在地上
拉得很长

站在海边，西方的太阳
把我的影子流放到海上
拉得很长

站在海边，中午的太阳
把我的影子拧得很短
我的等待，拉得很长

关于你的位置
关于我的想象

随便 1 号

别让我离去，离去
也还是坐在你的身旁
犹如阳光熟坠的女性的海滩
灵魂横卧
好让你的柔波荡涤我的不安

一切都是假的
你轰然的车队、驼铃和金戈铁马的交击
轻易震落我梦寐的楼阁
恰如温顺的小兔
一时失却了觅食的悠闲

看你从远古的边缘滚滚而来
君临于众生之上
把宇宙绞成一团尖锐的叫喊
每一个动作都是一个声音
每一个声音旋转成凛凛的蔚蓝

我的灵魂受惊
松弛成一朵古堡的惊叹
肉体却如小兔
惊怵于阳光熟坠的梦寐的海滩

随便 7 号

头颅低垂的饱满的正午
悠悠的钟声震落默读的人
翻过尖叫的玻璃窗
以及玻璃窗边的鸟笼
在我的肩头沉落

因为你的照临
来自五岳的雄风化作黄光抟抚的蚯蚓
在柳畔蠕动
丝丝的声音营造一个花室

我仰起脸
为你踏我的鼻翼登上天空拧开胸前的纽扣
我挠破茂密丛林中的土地
在所有的皱纹里寻找你永远年轻的花

但是我摊开手
让祖父遗留的矿藏
接受阳光的投射
你是我的地狱
——爱人！

世 界

用一根绳子拴住
以防她兴致所致，跑丢
当她混入狗群，方便喊她：
世界，你回来

本来想叫她人生
我只怕，不能一生拥有

作为独立的元素

孩子，去吧
让爸爸有一次短暂的休息
玩你的积木
搭起你灵魂最初的形状
今天
爸爸只有疲倦的故事

撑开你的花布伞，去
细心的模仿爸爸
怎样穿过了暴风雨，去
撕下那页日历
画上你的单纯和天真
用你愿意的方式
今晚
爸爸只有理不清的思绪

去吧
作为独立的元素
作为一个世界，孩子

给儿子

成长是一首诗
要一行一行走下去
　　　　　　——为父嘱

灯光从不同的方位聚焦你，儿子！
额的清纯、鼻的羞涩、眼神的期待
还有与生俱来的遗传因子
以像素的方式瞬间留住

作为一个人的身份
从此横空出世

自此，你是一张纸
被复印千次万次
撒遍大千世界，或在一丛丛
一簇簇人心里

自此，你是一滴水
融入茫茫大海
如何找到自己，全靠你
站立潮头的位置

自此，你是一棵树
枝叶迎击风雨雷电
也用你伸展的宽度和高度
为他人提供栖息或庇护

更希望，你是一座山
一坡青葱，给攀登以希冀
一湾溪水环绕
巍峨着你挺拔的身姿

自此，你
不再仅仅是父母的儿子
或山，或水，或树
那都是你！

等待一场雪

接到通知，预告这两天飞雪来降
等着，等着，感觉片片雪花
在内心起舞
清晨看到日出，发现金色的光
并非我想遇见的事物

直到中午，树影还在婆娑
没有绿叶，也没有北风吹响的风笛
风，依然犀利
足够吹痛行人的棉衣
马路被汽车覆盖着，汽车被灯光覆盖着
灯光，上面，空无一物

此刻，美国加州大雪三尺
转动地球仪
已经难以找到黑色的土地
或许雪骑着雪花迷路了
也许等待的另有所指

看见自己

站到镜前，不由想起切·米沃什
他那句：想到
故我今我同为一人并不使我难为情
像一个礼物，几乎从镜子背后惊艳地跳出
看见
此刻的我和那时的他共处一首诗
"在我身上并不痛苦"
有幸福的流汁从对方润染相望的视角
庆幸，我还能看到另一个自己：
多少年后，我牵着地球
如同放气球的童子
如此开始一天的幸福！

一次晚餐的再认识
—— 兼致兆山、建信、林云、荣哲

我们大概真的要老了
京剧的唱腔被我们拉得越来越长
唱词，需要几个人凑了。演员
记得清模样，却叫不出名字

大概我们要真的老了
儿童节目总把我们绊住，街头
看见孩子，忍不住微笑回望
总盼着，有一天有了孙子
演一部《爸爸去哪儿》

我们大概真要老了
开始细数各色食材的营养物质
那些养活上一辈的粗糠野菜，成为最爱
每个人都是老中医
我们坚定的认为这是新潮的标志

谈起女人，我们严肃
谈起教育，我们严肃
谈起社会风气，我们严肃
谈起生命轮回，我们严肃
说我们老了，我们笑笑
心里想，老与不老不劳你挂齿

同学还淳朴

连名带姓，我们称呼彼此的名字
入校时这样喊，三十年后
还是如此招呼，只是多了些
惊诧、惊异、惊喜，还有岁月
那些扯不断洗不出的风声雨沥

昵称不在这个语境
我们说，同学还是这样淳朴

冲上去，我们握手，拥抱
全然没有三十年前的怯怯羞怩
拍拍肩膀，拽拽衣领，对视着
谈谈老公、婆娘、孩子（喔？已经长大了）
都不说，三十年前
情事像玄武湖上飘忽
似在若无的轻雾以及眼眸深处的涟漪

亲昵不在这些姿势
我们说，同学都是这样淳朴

我们，急急问候，镇定得语无伦次
全不见三十年前的陌生沉默和防守的严实

如果，一句话，能
把三十年的风霜雪雨阳光雨露一次呈现
我们都想一张口，呼之欲出
我们，学会了彼此挖苦（喔？变了
不仅模样，还有煞有介事的轻松语气）
三十年前的些些丑事，怎经得
粘贴复制，在岁月匆匆的皱纹里

我们，都不说，三十年后
再见的确切日期
见或不见，同学
都在那里

立 冬

年轻时，曾经困惑
如何让冬天立起来
忙着把秋天放倒，收割，入仓
让北风顺畅地吹

现在，已经若无其事
把冬天立在心里
目睹树叶黄了，落了，烧了
表情像田野一样空旷

后来，可以想象
我们把地球穿在身上
冬天立在山头
向苏醒的春天瞭望

邻近的痛

柏树，一棵一棵奋力的曲折
仿佛来自地下的力羁绊了挣扎

父亲，父亲的父亲们，还有远处的奶奶
用一生的涟漪凝结成一座座土包

这些坟丘，纷纷低沉下来
仿佛年代越久远性格越谦卑

只有强劲的野草四处繁衍着
陌生人看不出地下紧握的家族根系

一切都是向上的

墓地，一切都是向上的
所有的树向上生长
初春的花向上绽开
看得见的空气向上升腾
呼吸是向上的，把心情
撩得很高
风景也是向上的，让目光
飘出好远
先人们肯定也是向上的
溢出皮骨的灵魂离太阳更近

只有我低着头
想看清
地下那片轰鸣着悲伤的宁静

一阵明亮的黑

山坡，一如往常的明媚
这些隆起的坟丘
提醒着大地的痛

多年前牵着我的手走过山坡
不善言辞的父亲
一如今天的沉默

想起手指的温暖
突然飞来一阵明亮的黑

想起父亲

疲惫倒不是由于病痛。想起
白天迎着太阳站立在地球
黑夜站在地球的背面
这些形而上或形而下的反复，让我生疑

父亲是有福的
他把地球穿在身上，灵魂活跃
在我们的思想和悼念的仪式中
让躯壳与春草一起连绵成往事

儿子是幸福的
他目睹爷爷出离的超脱，也看见
我眼神肿胀背后的迷离，只剩下
生活，成为他唯一艰苦的路

而女人，第一次开口
没说话。第二次也是。
自己提着灯笼
月亮也这么安静来，从容去

穿越广场去吃饭

此处并非花园。那些开过的月季
并不是花。树上坠落的水果
并不是果实，撒落一地
那些与太阳争辉的灯光
黑白相间的并不是棋盘
各式图案的围栏并不是牧场

一些惊叹号导引进出的规则
那些穿着短袖、风衣、连衣裙、光着膀子的人
那些拎着麻袋包、名牌包、甩着胳膊的人
那些流着汗、流着泪、流着口水的人
那些正面穿过、侧身钻过、慢走的跑着的人
那些红色、绿色、紫色、白色、黑色、杂色的人
那些藏着秘密指令汇聚过来的人
那些拿着某种请柬四处流散的人
沿着黄衫人的哨音，被风撕裂的旗子
运转

此刻有一队蚂蚁的方阵
通过
还有一只蝴蝶的翅膀艰难
扇动

此刻，有一个孩子的哭声和汽笛
交汇
我穿越广场去吃饭，忽然
被呼吸、焦虑，以伤感的动作穿过

今又重阳（二）

山河依旧，明媚如奔腾的雕像
只是微凉

匍匐的秋草，嬗变的松针
化为土地的颜色，隐藏

极目之处，东方的河流
傲然挺立，扭曲太阳的形状

俯瞰之下，西湖波光粼粼
破碎的镜片，供奉同一个太阳

平原之野，一望无余
正在定制秋后统一的行装

金色的菊皇，光芒被折弯
把菊丝簇拥在胸前
作出燃烧的姿态，模仿太阳

不是我一个人战斗

我不想这样一个人战斗
左右互搏，不确定获胜的是左手或者右手
双脚互踢，像一对高手暗中较劲。
我只是发呆。思想游走于肉体之外
让时间消逝在安静的背后

我是想，用这次旅行放松一次七拐八弯的神经
火车爬行的时间太久。飞机
血压太高，人生照例充满恐怖。轮船
呕吐。风景，布满交易。
其实，我时常发愁
每一个周末如何度过？
只能苦思冥索明天工作的一万种过程

不如，我们一起骂：时代，你疯了
一头扎进宾馆，拿着遥控器换台：
国产片太假
外国水土不服
新闻都是城市的腰酸腿疼
削山采石
倒下了一具风景的破旧尸体
天气预报

充斥蛊惑人心的紧迫语气

我越想越不敢虚度光阴
便把频道又换了一遍

与水为敌

我好生淡定，好生雍容
面对人类熙熙，我不为所动
呈现为如椽巨笔，当然想书写点什么
化为生命之根，肯定想启示于谁
面对你：各色人等
我有演化不尽的千姿百态，万紫千红。都被你
幻化成鬼斧神工的传说

我喜欢印证我能想象的东西，想起大海
我就把各色鱼等挂上天空。想要天空湛蓝
我让五彩贝壳缀满星星
印证一次飓风吗？
我要所有的树叶不分季节都朝向你
但我，终生与水为伍。水
雕刻着我，我，描绘了水
内心只剩坚韧

叫我钟乳，或被称之为喀斯特熔岩
做不了方方正正的花岗石或墙砖
我也不愿
借以垫高你的格局，衬托你的威严
我只想守住三亿年前的盟誓

随心所欲，以水为伴
那些闪耀的白
并不是我析出的盐，因为
泪水，已在许久以前流干

最后一天

最后一天，我们把最后一发子弹
命中了时间的靶心，无声息而且不用瞄准
最后一天，我们挽留了所有经过眼前的事物
包括落日，作为瞳孔最后一杆燃尽的火炬
最后一天，我们说完最后一句话
无声，但让所有人都能感到惊天动地

原来那一天，晨雾缓慢地升起
并没有遮蔽夜晚淌过的河流，还有
河流也载不动的沉重的物质
原来那一天，信使如约而至
我们被告知，为了那一天
我们已经用了一生练习

那一天，我抱住你凝视的眼神
说：世界，我爱你！
那一天，你扯着我命运的袖口
说：大地，你是我迟归的唯一！
也是那一天，我们把路过的田野悉数收割
燃起最后一丛篝火，筑成坐标

我们始终把今天当作最后一天

拉紧时间的行囊，随时准备结伴启程
又把最后的一天，作为今天的开始
抚摸着新生的太阳，让春心
无处不在地荡漾：那一朵天使的脸庞

那个一直看着我们的眼睛，我注意到了
那不是召唤
而是呼喊

拉二胡的人

时间一再复制他的影子
背后一堵墙，墙后
一排楼房，楼后
一排又一排迅速长高的山庄

上帝没有在意拉弦的姿势
太阳西渐，政府繁忙，行人匆忙
马路边，他独自
抚摸一缕冬日的阳光

像被编辑部退出的稿件
孤独的文字只有在琴弦上游荡
背后一堵墙，为他
生存的空间截住一缕阳光

又像沉迷着瞭望熙攘行人
僵直的手指揉不出浅浅的颤音
他，背后一堵墙，面前
盘钵中，收藏着几片毛票，和
西渐的一缕阳光

独　狼

独狼，可能缘于独自行走的缘故
或者是孤独浸染了灰色的毛发
即便不是特立独行，也是孤立无援
以及没有援之以手的那份温暖
时常看到狼群前呼后拥，便愈加孤单
夜晚，那些发蓝的此起彼伏的眼睛
容易与星空混淆
让我怀念失去的家园
我奔跑于草原，与黑仓鼠玩耍
我在有月亮的夜晚，天狗吠日一样
撕咬着月亮
我的疆域比心辽阔
我的睡眠比夜晚更多
但我渴望进入狼群，渴望恐怖降落于草原
我知道，那里的撕咬依旧可怕
那里的等级，有可能让我无饭可炊
那里的孤独不比月亮下无声的空旷更小
但天性让我渴望，让我卑微的不愿独享
天穹之下的辽阔
我的自由便是它们的不自由
我的存在就是它们以为我不存在
偶尔有三五个幼狼游离于狼群之外

我会引之为同类
很快，它们回去了
拥挤的生存便是它们的向往
我的号叫
唤起的不是它们的回声
我的气味
已经无法随着狼群流浪
我的渺小使我愈加强大
我的孤独让我更加自由
我悠闲踱步于月光之下
与其在寻找食物，不如在寻找思想
远处同样被月亮光临的地方
它们也许更冷

惊恐，抑或抗议

大年初一，趵突泉上
一棵尚未发芽的杨树上空
一群
一大群家雀儿呼啸窜动
时而左转，时而右突
密密麻麻横冲斜刺

看似无序
却又首尾相接
好像服从于一个意志

行人惊慌于天象异常
疑惑的眼神相互问询：
即便不满趵突泉节日收费
也无须用这么庞大的聚集抗议
或许对昨天的春晚
热衷新闻式宣言感到无奈与愤怒
又何必这样无休止折腾自己
飞，以致疲倦而亡
杨树要发芽的枝也不看吗？

太阳，正在西去

对这人间的事
它只例行看了一眼

蚂蚁上树，蚂蚁上树

对蚂蚁来说，最怕人
倾天覆地的脚步足以压碎它的宇宙
浑浊，滚烫的尿柱
足够冲垮它的家园

蚂蚁最讲秩序，首尾相顾
只为春天运送一片树叶，路线
是规划好的，它们只听从
来自地下隐隐发出微波的政府

蚂蚁最威武，善于大规模作战
把地球挖一个洞，也只为
安放它小小的心思：生存着
以及为生存饲养的蚁母

蚂蚁最团结，从不为领地争吵
偶尔，面对一枚沙粒
像一个拳击手捶击沙袋，小小的反抗
只是泄一泄洪水的情绪

奋斗是终生的，甚至没有晨昏昼夜
天线只能调适到唯一的指令

精疲而亡
也从未遗下幸存的蝉蜕
（抱歉，实在找不到合适的称谓。祝福
你的灵魂找到另一群蚂蚁）

搬　家

从一座城池迁到另一个城市
从一个街区搬到另一条街道
从一个时段转到另一个时区
从今天搬到明天

从一个花朵嵌入另一朵花
从一个水珠融进另一个水滴
从一个山头搬到另一个跨度
从生命搬成生物

从一阵风搬进另一阵气流
从一种安慰搬进另一种话语
从一种语言搬到另一种语言
把我搬成你

当太阳变成另一种热度
当空气演化成另一种味道
当时钟从楼下响起

星座彼此相望
陨石相互交击

把大海搬到水分子

幸 福

我并不觉得多么幼稚
遇到阳光在楼房上树枝旁明媚
真想张大口，拼命吞下
只为了多一些阳光
晒一晒发霉的心室

常感于生活上面，坐落着
沉重二字
眼前塞满了繁杂的事物
甚至用阴暗，描绘前途
用隐匿，抵挡直面的勇气

所以有阳光就是幸福
想象一面海，一片湖，波光潋滟
阳光，松软了每一朵空气
耳鸣化为鸟语
阳光如水，人生如诗

今年夏天的不同

今年夏天的炎热
与往年没什么不同
窸窸窣窣的树叶依然无力打着节拍
唯一的不同
是我想起了不同

这些年，以冲刺的姿势奔跑
许多时，身体越过自己舍我而去
耳边呼啸划过的许多事物
时而尖锐，时而明亮，时而久久不散
飞船穿梭
从起点奔向起点
像空中遥看的一只蚂蚁
在盛开的中午的喧嚣中
来不及叹息，来不及焦虑，来不及
回眸
仿佛夸父追日
仿佛日落日息
仿佛年复一年
仿佛一生一世
仿佛与生俱来的宿命紧紧卡住了时间的发生器
忘记了叹息、焦虑和回眸

今天，我不得不坐下来
端详着自己如何蹚过炎热的马路

镜　子

昨夜，黑暗终于战胜了光明
照亮生活的电之魂骤然停止呼吸
我见，自己秉烛而来
黑魆魆的背后惊出一身冷汗

错愕瞬间爬满烛光映照的脸
刀刻一样雕塑了另一种真相
秉烛之手，微微颤抖
我见，一只手想要扶住黑暗

有谁在喊我的名字：回来
像在寻找字幕，我
对突然而至的神谕惊诧不已

菜　市

生活就是菜市，不管有没有人说过
这都是 21 世纪最深刻的命题
在这里，你只选择你需要的
不需要的，你不屑一顾
在这里，一切都要付出，不管买的还是卖的
都要把生命交付于眼前的日常事务
在这里，争吵是一种常见的交易
都想抬高自己，压低对方的价值
这里没有国界，没有外语
几片菜叶子成为主宰世界的事物

胜与负相关词

坚持，这是涌出脑海的第一个词
不放弃，这是脱出口的又一个词
0:0，不是，不是词
120 个 60 秒，用时间记录的
穿插，奔跑，期盼，焦虑以及平淡，失望，寂静
一块石头落地
于是，转向笔记本
写下
坚持。这个浸泡着口水的词

预定未知，渴望先知
从祖先那里赶来的预言
沸腾在血液。坐在电视屏幕
借一场比赛
参与青春的浩荡与放纵
0:0 或 1:2，我说
不放弃，接近于偿还自己
（比如失踪的爱情，流逝的花语）
这个词，悄悄在心中翻滚：
不放弃

我不断变幻着预期

如果眼睛不能兑现
就让紧闭的双唇吐出另一个词
如果嘴巴不能兑现
就让心去想象或有以及该有的结局
如果心不能兑现
就让双手敲打某一个词，且以诗行的姿势

有一种规则或已预设
胜与负，一个必须抉择的结局

一个早晨的人生，不是人生的一个早晨

一张白纸，慢慢膨胀，成长为人形。飘荡
在，因为广阔而圆，因为深邃而蓝的
为广阔而圆，为深邃而蓝的宇宙
朵朵，太阳的花，光芒雀跃着
降落到地球，高山为之起舞
深海为之翻腾。驰骋到
我的城市，楼房为此
折腰，装饰着我的
窗台，像鸟鸣
唤醒眼睛
后面的
梦！
——"喂，生活，你是从此开始，还是就此还原？"
我的
梦，像日出
一朵朵泛出双眼
飞鸟一样敲打着窗台
向南，带走整座城市的思念
深海为之翻腾，高山为之癫狂
蓝色地球之心再也留不住你的光芒
飘荡在朵朵因为湛蓝而深邃，因为浑圆
而辽阔的星子之间。"孩子，你在哪里容身"
光散于茫茫之中，让我的梦无法还原！喂——喂

另一个世界

我肯定那里存在另一个世界
另一种节奏上演同样的行程
那里雾霾与这边一样多
迷失的声音同样像车灯穿不透真相
那里的人做着同样的动作
并不怕抄袭，复制，没有创意的重复
那里说话只见树动不闻叶响
思想只有他自己倾听
那里把未来当作今天供奉
害怕失去，但依然淡定
有时把明天拿出来看看
看着看着就会忧伤
那里的泪水都从眼睛边滑落
好多井边汲水的人奇怪
这口井从不干涸
那里的树长在天空上
天有多蓝，树就有多绿
有时也扯下一块草原装饰成大瀑布
那里的动物不与人为伍
它们说另一种语言
但都说那一个世界不真实
那里的文字都是水写的

把大地当工具
写得自然，轻松，大气
那里的沙滩都是雨打的
撑住的是芭蕉
撑不住的也是芭蕉，以及芭蕉
那里的太阳很阴冷
它把光芒送给月亮
却对着月亮骂娘，好像狗咬吕洞宾
那里的城市长满钢铁
清新剂融化了嗅觉
诞生了新的器官叫：手机
从此构成人类的另一副躯体
那里的灵魂都是散养着
出入山川就像走乡串户
遇上适合的存在
它会首先暴打肉体，然后激活
恢复你做尸的权利
那里有神
不是用来祈祷的，阿门
那里有鬼
不是用来喝酒的，扯淡
那里有先知
不是用来引路的，滚犊子
那里也有男女裸交在苹果树下
他们既不是生育，也不是泄欲
看来要泣鬼神，惊天地
那里有道没有路
路都被草根广泛的占据
那里有梦没有魇

魔的形状都被人供养，失去了
梦行天下的清澈与凉爽
那里有坟头但没有墓穴
墓里的生灵以磷火启明，把灵魂点燃
生成了一片泄漏光明和璀璨的星空
那里没有风
树都自动刮，只要它喜欢
那里没有山
土地自动流，主要看种子能不能破土
那里没有我
没有一首诗，能够一念成谶

附录

自反对话与对时光的冥思
——散皮诗歌荐读

马　兵

　　哈罗德·布鲁姆在他的《如何读，为什么读》中谈及诗歌的阅读时提到，作为"想象性文学的桂冠"，阅读诗歌最重要的切入点是"探索被创造出来的想象力的慑人境界"，而这正是我在阅读散皮诗歌时最直接和最深切的体会。坦白说，直到写下这些文字，我也不敢说我读懂了他，这不但因为他的诗歌不是感性和抒情的，而是玄学和智性的，更因为他的诗歌总是有很强的情景性，有些地方甚至让人想起维特根斯坦那句著名的箴言："神秘的不是世界是怎样的，而是世界竟是这样的。"要理解它们，必须要有一个对位的情境还原，这至少给我造成了不小的困扰。

　　不过即使强作解人，我还是要记录下我的尊重，首先当然是因为他的诗作有着灿然绽放的词语景观——他的每一首作品都堪称精警绮丽，而更为重要的是，散皮在这些漂亮的词句底下所表现出来的让诗歌渗透进生活内部和细部的复杂性的能力，以及他对那些包含生存悖论的日常时刻尊严化的理解。他似乎很擅长对生活习见的日常情景的捕捉、提纯，然后将其纳入他自己旷远的时空意识体系，这让他的诗歌始终充溢一种经验和超验、及物与不及物、切己和迂远之间的辩证的张力感，也让它们具备一种很强的自反性。

　　对镜子里自我的观看通常隐含着人类的自恋或者自省，然而在《镜子里的影像谋杀了我》中，那个目光里的镜像却成为一个他者，甚至试图击杀作为镜像主人的"我"。因此，这里显然不只是自省的问题，诗人是在一个照镜子的行为里投射自我的分裂，仿象这个人性阴暗的副本兀然具有了反扑的势能，且对真实的肉身步步逼迫，而在隐喻的意义上，它诠释的是生活自来的刻板和惰性对思想、热情与活力的慢性绞杀。洛夫说过："揽镜自照，我们所见到的不是现代人的影像，而是现代人惭愧的命运，写诗即是对付着残酷命运的一种报复手段。"我不知道散皮是否读过洛夫这句话，但这首诗很像对洛夫所言的一个注脚，假如我们不像诗人有明敏惊惶的反应，镜子里那个举起枪来的"影像"在某种程度上确实构成我们晦暗不明的命运。这首诗的运思方式在散皮的诗作中很有典型性，他借由寻常的经验负载超验的观照，先把自我的分裂情景化、具象化，进而再将之寓言化，以获得诗歌向超越性的境界腾跃的可能。

　　同类的诗作我们还可以举出《乘火车去旅行》《穿越广场去吃饭》《胜与负相关词》《暴雨夜，一滴雨》《高层大厦，一扇窗子》等几首。这其中最打动我的是《乘火车去旅行》。这首诗的别致之处，在我看来，并不在于"夜晚在动，火车不动""太阳在动，火车不动""火车在动，我却未动"这三组如禅宗机锋一般的排比，它们确实很巧妙，所透视的辩证关系亦饶有深意和趣味，但也正因为借用了禅宗的话头，其诗意的附着和背后的指向都不免被牵系在"风动"与"幡动"的相对固化的理解上，虽然这种理解本身就是意图的谬误。这首诗真正的动人之处是，它突破了流俗的诗意的困扰，重新赋予火车、旅行和远方一种生疏的力量。在旅行一开始，火车将片片风景抛掷在身后，那"兴奋的抛物线"似乎是要把诗歌蹈入到向远方获取告别琐屑和世俗的惯性思路里，可是结尾的一句"火车在动，我却未动"又把这一切消解掉了，而之前那些诗意的时刻，无论是暗夜里蒸腾的心绪或是日出时晨鸟的作势飞行，都不能像火车里那些有着"同一个表情"的面孔"如幻随行"，如此，火车即便可以永动朝往未尽的远方，但是"我"其实也很难从被人际链条锁住的琐屑的人生中挣脱开来。旅行在这里再一次获得了自反性，超越生活的出发反倒证明了生活对人的体制化无远弗届，乘着火车的旅行变成了乘着火车的逆旅。

散皮写了大量关于时间的诗歌，诸如《时间，无处不在》《时间，或者自在》《时间之门》《时间的过往》等数首。我在初读这些作品时，曾有不解，因为时间是诗歌的元命题，又是诗歌里的荦荦大端，从古至今已经聚集成堪称浩繁的意象的渊薮，聪明的诗人或者小心规避，或者侧面着眼，像散皮这样以如此正面的姿态直接对时间发起探问的当代诗人很少见。反复阅读后，我有些明白了他的一意孤行，应当说，这种选择还是他诗歌观念的使然。如前所述，他从形而下的日常出发一定要抵达形而上的顿悟或批判，时间也恰恰具有相同的双重性，并与人生须臾不可分割，最能代表诗人对知性畛域探索的综合性深度。因此，散皮必将会对准这一本源性的题目用力，并坦然面对这种双重性带来的纠葛，就像他在《时间之虫》中写到的："时光所能占据的空间，／或大或小／像一枚虫子爬出小洞／膨胀，直到将万物囊括其中／找不到纵横交错的坐标。"在对时间体验诸多复杂和幽微之处的聚合与提炼中，他建立起宽阔又富有纵深的对时间的理解，也反过来加深和拓展了个人经验在阐释时间这个庞然大物的有效性。此外，在他的时间篇章中，语言美学与冥思美学彼此互现，彼此呼应，构成一种深在的能动关系，常常是晦涩又迷人。

散皮说他漫不经心，事不关己，只想看看世界的背影，可是在这些时间的诗篇和自反性的辩诘文本里，我们却分明看到了在随意的即刻里跃动而出的冥思、智慧和想象力，他想看的不只是世界的背影，还有世界和人心的内面。

（马兵，山东大学教授、当代文学研究会副秘书长）

对生存的深刻哲思
——评散皮诗作

房　伟

在众声喧哗的诗坛，诗人散皮创制出了别样的审美空间。散皮是一位懂得生命艺术的诗人。他的诗作，既有洞察人间世相的烟火气息，又有超脱世俗的哲学思考。他不流于低俗的口语进行空洞的呐喊，也无形式实验的造作。散皮的诗，是生命的诗。高蹈独立，低调睿智，不刻意求新却处处创新。他以敏锐的洞察力，警觉于"科技万能论"带来的生存困境；警觉于个体和现代文明共谋之后的异化形态。他从形而下的物质生活中，展现人的精神状态及其异化行为。他所要表现的，并不止于叙述表层。而是深入现实的肌理，以极为常见的场景，对人的生存位置作形而上的思辨。

一、苍白的生存景观

面对工业文明下人的生存状态，散皮有着深切的忧虑和质疑。这一点与美学浪漫主义者卢梭相契合。卢梭认为，历史的进步是由文明的正值增长和负值效应——两条对抗线交织而成的。在建设性的正值增长中，内含着破坏性的负值效应。而散皮所处的时代，正是科技理性带来巨大狂欢的时代。人们沉湎于科技文明的正值增长，迷恋于无限膨胀的物欲。却无视高度文明带来的苍白生存景观。散皮具有诗人与生俱来的敏感和警觉。他以平实而干净的笔质，将一幅幅繁华虚景定格，以此来显示人们两难的生存窘境。面对城市，散皮有着巨大的恐慌和焦虑，"笃笃的踱步排山倒海 / 道路逐渐合

拢 / 街 / 其实空着"（《2015，街景》），身处繁华的都市，面对
鱼贯而出的人群，诗人的心是空的。"新闻都是城市的腰酸腿疼 /
削山采石 / 倒下了一具风景的破旧尸体"（《不是我一个人战斗》），
这是一个被谎言遮蔽的时代，新闻掩埋了城市残忍的真实。"一盘
驴肉端上了食谱 / 查了下百度 / 驴 / 无毒"（《庆功宴》），于生
存的安全隐患中，人们极力从网络中寻找安全感，并甘愿成为网络
的附庸。在诗人眼里，工业文明的代价是巨大的，他试图构建另一
个常态世界来影射当下现实，"那里有梦没有魇 / 魇的形状都被人
供养 / 失去了梦行天下的清澈与凉爽"（《另一个世界》），他感
慨于城市噩梦对生命之种的扼杀，"他一定这么想着 / 这么留下来
/ 躺在马路上 / 等待风生水起"（《马路上，一粒种子》）。"月
亮找不到沉入湖底的空间 / 只好隐现在雾霾中"（《大明湖》），
工业机械所带来的雾霾恐慌，淹没了人类诗意生存的栖居地。当旖
旎的自然风光也只能成为记忆空间的一部分，"与虎联在一起 / 只
因为虎啸的泉水 / 早已成为稀有动物"（《黑虎泉》）。面对这样
的生存环境，我们究竟可以生存在何处？这是散皮留给我们的疑问。

二、畸形化的精神形态

在缺乏诗意的生存窘境中，人们畸形化的精神状态是散皮最为
担忧的。弗洛伊德认为，人的历史就是人被压抑的历史，文明的道
德乃是被压抑本能的道德。赫伯特·马尔库塞曾经说过："必要劳
动成为一系列本质上非人的、机械的、例行的活动。"由此我们可
以看到，处于工业文明的机械化劳动中，人的本能被深度压抑。在
不同程度上，这种压抑可能产生两个结果。要么导致人对欲望的畸
形渴望，要么导致人失去生存的诗情，变得呆滞机械。诗人散皮，
以悲悯的情怀，捕捉人之精神被工具理性劫持的过程。他力图从日
常生活的底色中，挖掘战栗的灵魂。不同于一般的生活化描写，散
皮将生活的边缘场景和时代元素进行糅合，从而发现脆弱的精神形

态：孤独、恐慌、疲惫、机械、麻木、自我分裂、多疑、敏感……在城市的尔虞我诈中，人们极度缺乏安全感，即使是在睡梦中也忐忑难安，"蹑手蹑脚进入浅睡区／并在那里不动声色观察睡姿／直到完全看不出秘密"（《清醒》）。"里面的人似乎刻意在复制我的生活／却把我的生活布置成谋杀现场"（《镜子里的影像谋杀了我》），这是人们于紧张的生活压力下，滋生的意识分裂，人们所追逐的欲望深渊正是生命的坟墓。"我的凝视使我迷失在另一度时空／对我的凝视／令人毛骨悚立"（《恐惧》），这是人们窥探自我隐秘心理的恐惧。"我发现我还是像极了某某／好像越来越想念某某／某某／反正不像自己"（《他人》），被网络所奴役的我们，正不知不觉失去了个性的独立，而成为他人"某某"。"我的疆域比心辽阔／我的睡眠比夜晚更多／但我渴望进入狼群"（《独狼》），在抒情主体"狼"的孤独中，寻而不得的归属感也正是人类的心声。面对人们因欲望而多疑敏感的神经，诗人冷眼旁观，"'像我一样的人时刻盯着我的言语'／隐藏不够深／泄露些许春光／一定是有人告密"（《天性》）。人们为一群家雀的迁徙而惊恐不已，"行人惊慌于天象异常／疑惑的眼神相互问询"（《惊恐，抑或抗议》）。"与生俱来的宿命紧紧卡住了时间的出发地／忘记了叹息、焦虑和回眸"（《今年夏天的不同》），我们奔波于现代化的陷阱，导致技术思维的单向，只知道前进却忘记了思考。面对当下精神状态的隳化，散皮以诗求证，精神应于何处安放？

三、生命意志的建构与精神家园的寻找

散皮对物质和精神双重困境的揭示，并未停留于简单的表层描述，而是极力寻找生存困境的出口。他以丰盈的生命意志建构反抗的主体，以哲理化思考寻找精神家园。首先，在他看来，只有具有强力意志的生命，才能突破机械文明的枷锁，到达自由的状态。在他笔下，万事万物都是灵性的存在。他将坚韧的生命意志赋予一草

一石、一砖一瓦，并以它们为抒情主体来反抗"异化"。"再小的颤动／总得有一种方式活着／再高的飞升／也是现在"（《暴雨夜，另一滴雨》），这是一个能思考的"雨滴"，它呈现着孤傲的生命尊严。诗人对生存现状的逃离，以"石头"倔强的姿态来完成，"它们试图跳出当下生存状态／走自己的路"（《逃离》）。"水／雕刻着我／我／描绘了水／内心只剩坚韧"（《与水为敌》），这是"钟乳石"对内心坚韧的独守，也正是诗人对一片绝美风景的独守。"柏树"紧密相连的家族根系，正是作者对丰盈意志的呼唤，"只有强劲的野草四处繁衍着／陌生人看不出地下紧握的家族根系"（《邻近的痛》）。其次，作者希望从古典的人文气质和西方先哲那里寻求精神的出口。然而散皮的寻求姿态，虔诚而不恭维。在诗人恣肆的想象里，与康德把酒言欢，讨论生存哲思，"有多少虚妄被当作真实／哲学／让上帝蒙羞"（《暗夜之思》）。对夏娃与苹果的故事起因，进行新的解读，"一个小苹果竟然成就了人类，从一维爬向四维的神话"（《苹果》）。诗人以生命时间的逆行来消解崇高，"我们设计多种想象把事件还原／让掉到牛顿头上的苹果／返回到树枝"（《万有引力》）。散皮写了许多关于时间的组诗，希望从时间与存在中追溯生命的启示，如《时间的过往》《时间之门》等。最后，诗人为颤抖的灵魂描绘了理想的精神家园，即未被现代文明染指的故乡。那是长在诗人记忆中的、干净的、神圣的存在。在《我是一个有故乡的人》《因为穷，才有意义》《故乡》中，诗人多次以热烈的笔触提及。

四、多元自由的艺术表达

诗人对人类生存状态的呈现和精神出路的寻找，以多元而自由的艺术方法呈现。首先，散皮的诗歌语言是自由的，消解了诗歌本身的框架，具有叙事化倾向。例如《一次午宴的再认识》一诗，以具有较强故事性的情节展开。散皮的语言是具有极强包容性的，写景诗有着古典诗歌语言的端庄，"初见面""长相忆""其声音约约 / 其笑貌也约约"（《途经芜湖，未晤詹声信》）；叙事诗则融入时代元素，"朋友圈""Wi-Fi""碰瓷""自媒体""春晚""'爸爸去哪儿'"……两种语言的底色一正一反，亦庄亦谐，耐人品察。其次，在散皮笔下，诗体也是自由的，时而散漫，时而严谨。《庆功宴》以百度说明书的体式展开，极为幽默；楼梯体式的诗歌更是巧妙新奇，不仅是在字数、节奏上错落有致，而且在诗歌题目、诗歌意象上前后对应，如《一个早晨的人生，不是人生的一个早晨》。另外，诗人擅于通过多样化的叙述视角、陌生化的比喻来塑造审美空间，如《狗眼人间》《最后的忠诚》中，以动物的视角，来描述人类的生存状态。更为有趣的是，散皮以消解崇高的姿态，进行文本的戏仿。"春暖花开时想着姐姐 / 面朝大海 / 关心着狗粮 / 柴草和旅行"（《致 X 死党》），这是对海子诗歌的戏仿。在《2015，街景》组诗中，从"父亲的独轮车"到"山海经""金字塔"，这是对精英文化的解构。

散皮的诗歌以独特多样的手法，呈现他对生命的深刻感悟。活在当下，工业机械统治生活的方方面面。行动是迟缓的，精神是变形的，我们到底该生存在何处？然而只有丰盈的生命意志才能到达散皮的精神家园。正如作家王小波所说的，"一个人只拥有此生此世是不够的，他还应该拥有诗意的世界。"

（房伟，1976 年出生于山东滨州，文学博士，苏州大学文学院高聘教授，硕士生导师，中国现代文学馆首届客座研究员，中国作协会员）